AF460805

1910 Décembre 19

391 Chambre des Commissaires-Priseurs
Envoi à la Bibliothèque Nationale.

VENTE

des Lundi 19 et Mardi 20 Décembre 1910

HOTEL DROUOT, SALLE N° 11

A DEUX HEURES

TROIS COLLIERS de PERLES

Beaux Bijoux

BOITES ANCIENNES EN OR ÉMAILLÉ

et avec Gouaches attribuées à VAN BLARENBERGH

OBJETS DE VITRINE — FOURRURES

OBJETS D'ART & D'AMEUBLEMENT

TABLEAUX - TAPISSERIES

Me GASTON FRANÇOIS

COMMISSAIRE-PRISEUR

M. ARTHUR BLOCHE

EXPERT PRÈS LA COUR D'APPEL

CATALOGUE

DES

TROIS COLLIERS DE PERLES

Beaux Bijoux

Bagues jumelles avec jolis brillants solitaires, Sautoir, Broches, Bracelets

Bagues, Epingles, Bourse

Enrichis de Diamants et de Pierres de couleur

BOITES ANCIENNES EN OR ÉMAILLÉ

et avec Gouaches attribuées à VAN BLARENBERGH

OBJETS DE VITRINE — FOURRURES

OBJETS D'ART ET D'AMEUBLEMENT

TABLEAUX, DESSINS, GRAVURES

Porcelaines, Faïences, Bronzes, Sculptures, Livres

MEUBLES ANCIENS ET MODERNES

Tapisseries, Tapis d'Orient

DONT LA VENTE AURA LIEU

HOTEL DROUOT — SALLE N° 11

Les Lundi 19 et Mardi 20 Décembre 1910

A DEUX HEURES

Me Gaston FRANÇOIS	**M. Arthur BLOCHE**
COMMISSAIRE-PRISEUR	EXPERT PRÈS LA COUR D'APPEL
23, *Rue Le Peletier*, 23	21, *Boulevard Haussmann*

CHEZ LESQUELS SE DISTRIBUE LE PRÉSENT CATALOGUE

EXPOSITION PUBLIQUE

Le Dimanche 18 Décembre 1910, de 2 heures à 5 h 1/2

CONDITIONS DE LA VENTE

Elle sera faite au comptant.

Les acquéreurs payeront *dix pour cent* en sus des enchères.

L'exposition mettant le public à même de se rendre compte de l'état des objets, il ne sera admis aucune réclamation une fois l'adjudication prononcée.

DÉSIGNATION

BIJOUX

OBJETS DE VITRINE

1 — Beau collier d'un rang composé de soixante-quatorze perles enfilées en chute avec fermoir formé d'un saphir cabochon. Poids 506 grains.

2 — Beau collier de chien de huit rangs comprenant cinq cent soixante seize perles avec cinq barrettes composées de soixante cinq brillants et riche plaque offrant au centre un saphir entouré de deux rangs de brillants, le premier de douze brillants, le second de seize plus gros brillants montés à griffes sur un motif à rinceaux feuillagés tout en brillants et roses.

3 — Sautoir double composé d'environ quatre cent cinquante perles plus environ trois cent cinquante petites perles d'entre-deux, fermoir formé d'une perle. Poids : 968 grains.

4 — Bague jumelle formée de deux gros brillants solitaires montés à griffes, le corps enrichi de douze petits diamants.

5 — Bague jumelle composée de deux gros brillants solitaires montés à griffes corps enrichi de dix petits diamants.

6 — Bague composée d'une perle blanche d'Orient entourée de dix brillants, corps enrichi de deux petits brillants.

7 — Bague or enrichie d'une perle blanche d'Orient entourée de huit brillants.

8 — Bague jumelle composée d'un brillant monté à griffes et d'une perle grise, corps enrichi de dix petits diamants.

9 — Bracelet serpent en or mat, la tête enrichie d'un rubis cabochon et de petits diamants.

10 — Bourse forme flacon en or.

10 *bis* — Grande bague marquise Louis XVI, à fond d'émail gros bleu, entourage en roses.

11 — Miroir de trousse en or dessin à fleurs et rocailles.

12 — Cœur en or mat enrichi d'une gerbe de fleurs en roses.

13 — Petite montre de dame à remontoir en or ciselé de couleur. Style Louis XVI.

14 — Porte-mine en or enrichi de deux petites perles et d'une rose.

15 — Bague composée d'une émeraude, d'un rubis et de brillants.

16 — Croix composée de quatre brillants forme pendeloques et de neuf petits brillants le centre enrichi d'un rubis d'Orient.

17 — Épingle de cravate forme fer à cheval en saphirs et brillants.

18 — Épingle or avec grenat.

19 — Épingle or avec pierre de lune.

20 — Épingle or avec opale.

21 — Broche forme nœud de ruban en or émaillé noir enrichie de six émeraudes, de demi-perles et de roses.

22 — Belle montre en or à remontoir, mouvement à cylindre de Rotig avec chiffre émaillé.

23 — Bonbonnière composée de six gouaches représentant les fêtes données à Versailles à l'occasion de la naissance du Dauphin, attribuées à Van Blarenbergh : monture à cage en or ciselé.

24 — Grande boite ovale en or émaillé gros bleu avec bordure et montants à réserves d'or et filets d'émail blanc et d'émail vert, enrichie d'une griffe en rubis et diamants. Epoque Louis XVI.

25 — Boite ovale en or émaillé bleu turquoise avec bordure et rosaces en émail blanc et réserves d'or, le dessus émaillé en plein représente une gracieuse allégorie aux Arts. Epoque XVIIIe siècle.

26 — PETIT NÉCESSAIRE de dame en galuchat, monté en or avec gorge cuivre doré, ustensiles en ivoire, or et argent. XVIIIe siècle.

27 — DEUX FLACONS en verre fuselé, à monture en or gravé, dessins à paysages et rocailles formant bonbonnières dans le bas montées à charnières. XVIIIe siècle.

28 — ÉTUI A FLACONS en cuivre repoussé et doré à rocailles orné d'aventurine, bouchon du flacon en or. Epoque Louis XV.

29 — BOITE ronde en matière dure ornée sur le couvercle d'une miniature : l'enlèvement du ballon.

30 — BONBONNIÈRE en galuchat ornée sur le couvercle d'une peinture vernis Martin sur fond d'or, la partie de musique, intérieur écaille.

31 — PETITE CASSOLETTE forme ovoïde en filigrane d'argent. Travail ancien.

32 — POUDRIÈRE en argent repoussé, décor à fleurs et rocailles.

33 — SIX PORTE-VERRES à liqueurs en argent, décor amours, écussons et rocailles.

34 — SOUVENIR en galuchat ornée de deux miniatures représentant l'une un portrait de jeune fille avec corsage décolleté, l'autre un paysage animé de personnages ; contenant un crayon et une planche à écrire.

35 — BOITE à mouches Louis XVI en écaille incrustée d'or, décor à jardinière fleurie et étoiles.

36 — Boite ronde en matiàre dure ornée d'un médaillon : Napoléon.

37 — Boite ronde en matière dure ornée d'un médaillon Louis XVI.

37 *bis* — Deux éventails du xviiie Siècle. Feuilles à scènes champêtres, montures en ivoire sculpté.

38 — Broche en or enrichie d'un brillant et de deux saphirs.

39 — Bracelet or avec un brillant et deux saphirs.

40 — Deux gros brillants solitaires montés à griffes en épingles jumelles.

41 — Paire de boucles d'oreilles or enrichies de brillants solitaires montés à griffes.

42 — Bracelet or avec rubis, saphir et brillant.

43 — Bague Marquise deux rangs de petits brillants et de rubis.

44 — Bague forme trèfle en brillants avec émeraude montée à griffes et en or.

45 — Bague en or enrichie de roses.

46 — Montre en or gravé avec chaîne de gousset en or enrichie de roses.

47 — Garniture de six boutons en or avec roses au centre.

48 — Epingle de cravate or avec petit brillants.

49 — Broche or avec corail au centre.

50 — Broche or avec un rubis et deux roses.

51 — Bague rubis et petits brillants.

52 — Bague or avec brillant solitaire monté a grifles.

53 — Bague en or enrichie d'un brillant monté à grifles.

54 — Bague or enroulement orné d'un brillant.

55 — Bracelet modèle corde en or avec rubis et roses.

56 — Bague petit rubis entouré de petits brillants, monture or.

57 — Petit mortier avec pilon en agate. Travail oriental.

58 — Encrier en émail cloisonné.

59 — Bonbonnière en nacre monture en bronze doré.

60 — Deux sautoirs en corail.

61 — Trois manches de couteaux en agate

62 — Lot de bijoux d'Orient.

Sera divisé.

63 — GRANDE STATUETTE de personnage portant un panier en ivoire.

64-65 — DEUX GROUPES de deux ouvriers en ivoire.

66 — GROUPE de trois ouvriers en ivoire.

67 — GROUPE : intérieur d'atelier.

68 — QUATRE NETZKÉS en ivoire.

69 — THÉIÈRE en émail cloisonné.

70 — DEUX VASES en émail cloisonné, décor à fleurs.

71 — MINIATURE ronde en ivoire. Jeune femme Louis XVI en toilette décolletée.

72 — MINIATURE ronde sur ivoire. Portrait de Miss Bingham.

73 — MINIATURE ronde sur ivoire. La duchesse de Devonshire.

74 — BOITE en bronze ciselé et doré ornée d'une miniature sur ivoire.

75 — BONBONNIÈRE en écaille ornée d'une miniature sur ivoire portrait présumé de la marquise de Coulange en buste, coiffure ornée de rubans et de perles, chemise tombante laissant voir sa gorge.

76 — BOITE en ancien émail de Saxe décor à scènes champêtres.

77 — PETIT SEAU en verre gravé représentant un personnage en traîneau.

78 — Petite frise en bronze du Ier Empire, Nymphes courant.

79 — Eventail en ivoire sculpté et laque d'or sur fond noir de Chine.

80 — Vide-poche baignoire en émail cloisonné de Chine, décor papillons.

81 — Pendentif en argent orné de pierreries.

82 — Petite boite en ivoire sculpté.

83 — Canne en ivoire sculpté.

84 — Eventail en corne, décor scène champêtre.

85 — Bouddha en bois sculpté et doré.

86 — Deux dessus de buvards en ancienne laque de la Perse avec fleurs et oiseaux.

87 — Ecritoire en ancienne laque de la Perse avec personnages.

88 — Sucrier en cristal, monté en argent.

89 — Bas-relief au repoussé en argent à personnages.

89 *bis* — Montre ancienne à double boîtier en or et boussole montée en or.

PORCELAINES, FAIENCES

90 — Deux bustes de poupons en porcelaine d'Allemagne.

91 — Jardinière en faïence blanche, décor en relief à guirlandes, couvercle ajouré.

92 — Flacon formé d'une statuette de Chasseresse en porcelaine d'Allemagne.

93 — Plat a barbe vieux Chine, décor oiseaux et ornements en bleu sur blanc.

94 — Deux petites figurines d'enfants en blanc, de Berlin.

95 — Figurine de Chinois tenant un vase, décor polychrome.

96 — Deux jardinières avec plateaux en porcelaine de Paris, forme élégante et cintrée, décor à bouquets de fleurs, filets bleu et or.

97 — Paire de vases en porcelaine de Chine, décor dans le goût de la famille verte, à volatiles perchés dans des branchages fleuris.

98 — Seau en porcelaine de Toy, décor à bouquets de fleurs; bordure vert et or.

99 — Paire de petites potiches couvertes de Vienne, décor à guirlandes de feuillage et branches fleuries sur fond pointillé d'or.

100 — Groupe de Mayence de trois figures d'enfants.

101 — Tête a tête de Vienne, décor à bouquets de fleurs, bordure à rubans, composé d'un plateau, deux tasses avec soucoupes, théière, pot à crème et sucrier.

102 — Grande figurine : La Femme à la crinoline.

103 — Deux grandes figurines représentant des musiciens siamois.

104 — Deux figurines vide-poches d'Allemagne représentant des chinois accroupis.

105 — Groupe d'Allemagne : Arlequin, chien et oiseau.

106 — Deux figurines de Mayence : Turc et femme orientale.

107 — Figurine d'Allemagne : Le Joueur de vielle.

108 — Deux petites figurines porcelaine d'Allemagne : Chasseur et chasseresse.

109 — Deux figurines mignonettes en porcelaine d'Allemagne : Marquis et paysan.

110 à 113 — Vingt pièces : Plats et assiettes en faïences et porcelaines diverses.

114 — Pot avec couvercle en porcelaine d'Allemagne.

115 — Deux assiettes en vieux Saxe décorées de scènes champêtres, bords à fleurs.

116 — Grand boudoha porcelaine dorée.

117 — Aiguière couverte en porcelaine du Japon.

118 — Grand brule-parfums en porcelaine de Satzuma, décor à personnages.

119 — Chat en blanc de Chine.

120 — Vase en ancienne porcelaine bleu-turquoise de Chine.

121 — Vase rouleau en vieux Chine, décor varié.

122 — Vase en vieux Chine. décor polychrome.

123 — Potiche en vieux Chine, décor bleu.

124 — Bouteille en vieux Chine, décor bleu.

125 — Divinité en vieux céladon.

126 — Deux statuettes en vieux Chine, décor polychrome

127-128 — Petite théière et gourde en vieux Chine.

129 — Petite potiche en porcelaine de Canton.

130 — Jardinière en vieux Chine, décor bleu.

131 — Théière en terre cuite de Canton.

132 — Quatre petites tasses avec soucoupes en vieux Chine, décor : capucine et intérieur à ornements en rouge

133 — Six tasses et soucoupes avec présentoirs, en pâte fine de Chine, décor rouge.

134 — Deux petites tasses vieux Chine famille rose.

135 — Coupe en porcelaine de Sèvres, monture en bronze.

136 — Fontaine en porcelaine décorée.

137 — Deux bols en porcelaine du Japon.

138 — Coffret en porcelaine de Saxe.

139 — Tasse et soucoupe en porcelaine de Sèvres.

140 à 146 — Objets divers de vitrine.

MEUBLES

147 — Meuble de salon de style Louis XIV en bois sculpté et canné, composé d'un canapé, deux fauteuils et quatre chaises.

148 — Deux chaises caqueteuses.

149 — Fauteuil de bureau et deux chaises en bois noir recouverts de velours rouge.

150 — Meuble de salon en palissandre sculpté, couvert en damas de soie rouge Style Louis XV.

151 — Coucou ancien.

152 — Bureau style Louis XV en noyer ciré, dessus en drap, tiroir-caisse.

153 — Tabouret forme Louis XV en noyer ciré et canné.

154 — Commode toilette en palissandre.

155 — Petit bureau à cylindre en bois rose orné de bronzes. Style Louis XV.

156 — Bureau de dame en thuya avec tiroir à secret.

157 — Secrétaire Louis XVI.

158 — Petite table guéridon en marqueterie.

159 — Glace avec cadre en bois sculpté Louis XIV.

160 — Poudreuse en marqueterie Louis XVI.

161 — Ecran Empire.

162 — Grande bergère forme éventail en bois sculpté et doré, montée à caisson, couverte en velours vert frappé. Style Louis XVI.

163 — Porte-manteaux et parapluies en noyer ciré avec glaces.

164 — Petite table-guéridon Louis XVI avec galeries cuivre et dessus marbre.

165 — Console Louis XVI acajou et cuivre.

166 — Petit guéridon Empire en acajou.

167 — Ecran Louis XVI.

168 — Armoire bretonne en bois sculpté à deux portes.

169 — Divan en blanc avec coffre, trois oreillers.

170 — Deux supports en bois doré.

OBJETS D'ART

171 — Statuette en bois sculpté, peint et doré : la Vierge et l'Enfant.

172 — Statuette en bronze, parties émail cloisonné.

173 — Jardinière en émail cloisonné.

174 — Deux appliques en bronze à trois lumières Style Louis XVI.

175 — Loup en bronze de l'Extrême-Orient.

176 — Tigre en bronze de l'Extrême-Orient.

177 — Biche en bronze, parties émaillées.

178 — Vase en bronze ancien de l'Extrême-Orient.

179 — Jardinière en bronze, décor en relief.

180 — Sucrier en cuivre doré et gravé. Travail oriental. Epoque Louis XVI.

181 — Grand sucrier en cuivre gravé et doré. Epoque Louis XVI.

182 — Aiguière en cuivre doré. Travail oriental ancien.

183 — Plateau en cuivre gravé et doré. Travail oriental ancien.

184 — Aiguière en ancien cuivre ciselé et gravé Travail persan.

185 — LUSTRE en bronze hollandais.

186 — PLATEAU en cuivre ciselé de la Perse.

187 — JARDINIÈRE et socle en bronze doré, décor bambou.

188 — VERSEUSE en cuivre rouge.

189 — GIRANDOLE à trois lumières en bronze argenté. Style Louis XV.

190 — BRANCHE ÉLECTRIQUE d'applique en bronze à une lumière.

191 — JARDINIÈRE en marqueterie ornée de bronzes.

192 — JARDINIÈRE en métal argenté. Style Louis XV.

193 — LAMPE BOUILLOTTE Louis XVI.

194 — SEAU A GLACE métal argenté.

195 — PETIT COFFRET-ÉCRITOIRE.

196 — CARTEL de style Louis XV bronze doré.

197 — DEUX APPLIQUES bronze ciselé et doré. Style Louis XVI.

198 — BUSTE de la princesse d'Aragon en marbre. Style XVIIIe siècle.

199 — BUSTE en marbre : « La Princesse de Lamballe ».

200 — BUSTE en marbre et pierre : Voltaire.

201 — SELLE mexicaine.

202 — FUSIL de rempart.

LIVRES

203 — Deux cent soixante-dix volumes de la *Revue des Deux-Mondes*, bien reliés, années de 1850 à 1895.

204 — Seize volumes « Œuvres de Scribe ».

FOURRURES, TENTURES

TAPISSERIES, ÉTOFFES, TAPIS

205 — Belle Etole et manchon en chinchilla.

206 — Belle Etole en zibeline.

207 — Beau Manchon en zibeline.

208 — Fourrures diverses.

209 — Lot d'environ 20 mètres de velours de Gênes
Sera divisé.

210 — Deux paires de Rideaux en damas rouge.

211 — Portière en drap rouge ornée d'un personnage chinois en broderie.

212 — Grande Tapisserie du XVIIIe siècle, représentant *Moïse sauvé des eaux*. Fond de paysage.

213 — Fragment de Tapisserie ancienne d'Aubusson : Portique dans un paysage. Bordure sur deux côtés.

214 — Fragment de Tapisserie flamande du XVIIe siècle, représentant une scène de chasse, avec bordure.

215 — Grand Tapis ancien, de la Perse, à dessin polychrome, trois médaillons avec bordure rouge.

216 — Tapis de Ferahan ancien.

217 — Tapis de Guerdez ancien, fond rouge avec médaillon.

218 — Grande Portière en damas rouge.

219 — Grand Tapis de table brodé. Travail persan.

220 — Tapis de prière brodé ancien de Boukara.

221 — Tapis de table brodé ancien.

222 — Petit Tapis de prière ancien.

223 — Grand tapis de Smyrne fond rouge, dessin à médaillon.

224 — Tapis ancien de Ferahan fond clair, dessin à fleurs.

225 — Tapis ancien de Ferahan fond rose, décor à fleurs en polychrome.

226 — Tapis de Shoumak, dessin à médaillons.

227 — Petit tapis de Shoumak à dessin varié.

228 — Deux portières en cretonne persane.

229 — Grand panneau en cretonne persane.

230 — Grand chale des Indes fond rouge.

231 — Portière en damas de soie rouge.

232 — Deux écharpes égyptiennes brodées d'argent.

233 — Lot d'étoffes orientales.

Sera divisé.

234 — Grand tapis d'Orient à dessins polychromes.

235 — Grand tapis d'Orient fond rouge, à dessins bleus.

236 — Portière de Karamanie à dessins polychromes.

TABLEAUX, DESSINS

GRAVURES

COURBET (Attribué à)

237 — Femme nue.
Étude.

DELATTRE

238 — Chien.

DUPRÉ (Attribué à VICTOR)

239 Bords de rivière.

FLORIS (FRANTZ)

240 — Vase avec bouquet de fleurs.

FORTUNY

241 — Le Joueur de guzla.

GILBERT

242 — Le Cuisinier.

GITTREY

243 — Allée d'arbres près d'un canal.

HUET ou BOUCHER (?)

244 — Le Galant berger.
Joli dessin rehaussé.

LENOIR (MAURICE)

245 — Le Marché de Ciranse.

LUCAS

246 — Scène de bataille.

MOLENAER (Attribué à)

247 — La Petite laitière.

NATOIRE

248 — Paysage d'Italie avec fontaine monumentale animée de personnages.

Inscription et date 1754.

PIERDON

249 — La Ferme.

PLASSAN (attribué à)

250 — L'Ensommeillée.

SANTERRE (attribué à)

251 — Le galant et la ménagère.

SASSO FERRATO (Ecole de)

252 — L'Annonciation.

Cadre cintré en bois sculpté et doré Louis XIV.

SINGLETON (d'après)

253 — « Scarcity in India » et « British plenty ».

Deux gravures en couleurs.

SWEBACH

254 — Le Campement.

Très beau dessin au lavis et encre de Chine.

TÉNIERS (École de)

255 — Le Buveur.

TÉNIERS (Ecole de)

256 — Scène d'intérieur.

TRÉMOLLIÈRE

257 — L'enfant endormi.

Gracieuse composition au crayon noir lavé de bistre rehaussé de blanc.

VAN DEN POOL (attribué à)

258 — Un Incendie.

VIOLA (F.)

259 — Scène de genre.

ÉCOLE ANCIENNE

260 — Hercule enfant.

ÉCOLE ANCIENNE

261 — Scènes enfantines.

Deux dessus de portes.

ÉCOLE ANCIENNE

262 — La Vierge et l'Enfant.

ÉCOLE ESPAGNOLE

263 — Les Mousquetaires.

Deux pendants.

ÉCOLE ESPAGNOLE

264 — Scènes de la vie publique au XVIIIe siècle.

ÉCOLE FRANÇAISE

265 — Scènes de chasse.

Deux pendants.

ÉCOLE FRANÇAISE

266 — Château au bord de l'eau.

ÉCOLE FRANÇAISE

267 — Paysage.

ÉCOLE FRANÇAISE

268 — Femme couchée.

ÉCOLE FRANÇAISE

268 — Paysage.

Camaïeu en grisaille.

270 — Scène mythologique,

Gouache.

271 — Scène d'intérieur Louis XVI.

ÉCOLE FRANÇAISE

272 — Galanterie dans les blés.

CHARLET (d'après)

273 — Trois gravures.

VERNET (d'après Carle)

274 — Le Vendeur de cuillères.

Gravure.

LEBAS (J.-P.)

275 — Deux gravures.

LANÇON

276 — Eau forte.

277 — Quatre gravures anglaises : Scènes de courses.

278 — Deux gravures anglaises : Scènes de Sports,

279 — Deux grandes gravures : Le Couronnement du Roi. Le Roi allant à l'Eglise.

280 — Album contenant trente dessins environ.

www.ingramcontent.com/pod-product-compliance
Ingram Content Group UK Ltd.
Pitfield, Milton Keynes, MK11 3LW, UK
UKHW020224180726
13838UKWH00005B/2181

9 782329 447148